Fontainebleau 5 Mai 1892.

V

VILLE DE FONTAINEBLEAU

VENTE

des Jeudi 5 et Vendredi 6 Mai 1892

A UNE HEURE

RUE SAINT-MERRY, 171

COLLECTION

DE FEU

M. ALEXANDRE GUÉRIN

CATALOGUE

D'OBJETS D'ART ANCIENS

ET DE CURIOSITÉ

EXPOSITION PUBLIQUE

Le Mercredi 4 mai, de 10 heures à midi et de 2 à 6 heures

Me MAURICE PUTOIS
Licencié en Droit
COMMISSAIRE-PRISEUR
A FONTAINEBLEAU
Rue Marrier, 29

M. E. GANDOUIN
EXPERT A PARIS
31, Rue des Saints-Pères.

Chez lesquels se trouve le présent Catalogue

FONTAINEBLEAU, IMPRIMERIE A. POUYÉ, 19, RUE DE LA PAROISSE

CONDITIONS DE LA VENTE

Elle sera faite au comptant.

Les acquéreurs paieront, en sus des adjudications, **dix pour cent,** *applicables aux frais.*

L'exposition mettant le public à même de se rendre compte de l'état des objets, il ne sera admis aucune réclamation, une fois l'adjudication prononcée.

VILLE DE FONTAINEBLEAU

VENTE

des Jeudi 5 et Vendredi 6 Mai 1892

A UNE HEURE

RUE SAINT-MERRY, 171

COLLECTION

DE FEU

M. ALEXANDRE GUÉRIN

CATALOGUE

D'OBJETS D'ART ANCIENS

ET DE CURIOSITÉ

EXPOSITION PUBLIQUE

Le Mercredi 4 mai, de 10 heures à midi et de 2 à 6 heures

Me Maurice PUTOIS
Licencié en Droit
COMMISSAIRE-PRISEUR
A FONTAINEBLEAU
Rue Marrier, 29

M. E. GANDOUIN
EXPERT A PARIS
31, Rue des Saints-Pères.

Chez lesquels se trouve le présent Catalogue

DÉSIGNATION

IVOIRES

1 — Tryptique italien du commencement du XVIe siècle, monture en bois marqueté, travail dit Certosine. — Au centre : la Vierge, saint Jean et sainte Catherine. — Sur les volets : saint Benoît, saint Jacques.

2 — Coffret de forme espagnole. — La ceinture composée de plaques est ornée de figures de vierges, compagnes de sainte Ursule. — Le couvercle est orné de génies dont deux représentent une armoirie.

3 — Saint Paul, statuette, art flamand, XVIIe siècle.

4 — Petit calvaire avec figures de saint Jean et la Vierge. — Croix et socle en agathe rubanée.

5 — Christ en croix, époque Louis XIV, cadre bois sculpté de même époque.

Quelques fractures.

6 — Christ en croix, même époque, avec beau cadre bois sculpté.

7 — Groupe de l'époque Louis XIII. — Vénus et l'Amour. — Très beau travail de l'art flamand.

Il y a une fracture à la main gauche.

8 — Bas-relief. — Art flamand, manière de Duquesnois, représentant la Vierge, Jésus et saint Jean.

Très belle qualité.

9 — Bénitier. — Travail ajouré de l'époque Louis XVI. — Art dieppois. — Le sujet central représente la Vierge tenant l'Enfant entouré de chérubins.

Très belle qualité.

10 — Statuette. — Vierge tenant l'Enfant-Jésus bénissant.—Art français, époque Louis XIII.

11 — Statuette.— Sainte Barbe, époque Louis XIV. — Art français.

Belle qualité.

12 — Brustolente. — Statuette représentant un mendiant dont les vêtements, le visage et la terrasse sont en bois sculpté. — Art italien, XVIIIe siècle.

13 — Vidrecome représentant en bas-relief l'histoire de Neptune et Amphitrite, avec monture en argent ciselé et doré. — Le tout de style Louis XIII.

14 — Rape a tabac. — Epoque Louis XV. — Représentant une dame en costume de pèlerinage.

Fracturée.

15 — Groupe espagnol. — Représentant la Vierge et l'Enfant-Jésus.— Figure de saint Ignace. — Deux amours jouant de la viole. — L'édicule est supporté par quatre lions. — Travail de l'époque Louis XIV.

16 — Vierge. — Art espagnol. — Immaculée-Conception. — Travail de l'époque Louis XIV.

17 — Coffret de forme circulaire en ivoire tourné avec parties en spirales. — Travail flamand de Louis XIII.

Très bon état de conservation.

18 — Rond de serviette. — Epoque Louis-Philippe. — Orné d'une guirlande fleurs et fruits.

Encrier forme locomotive.

19 — Vidrecome orné en bas-relief du Triomphe de Bacchus et Ariane. — Nombreuses figures. — Le couvercle est surmonté d'un petit Bacchant buvant ; l'anse formé par une sirène.

20 — Olifant avec armes et portrait de Sobieski, roi de Pologne.— Avec bas-relief, sujet de chasse. — Rinceaux et trophées. — L'embouchure ornée d'une tête d'animal chimérique. — Garni d'une chaine en ivoire.

21 — Coupe gobelet avec cerfs et biches. — Monture en corne de cerf. — Travail suisse. — Epoque Louis-Philippe.

22 — Gobelet analogue au précédent, garni à l'intérieur en argent.

23 — Quatre statuettes représentant les éléments. — Travail français. — Epoque Louis XVI.
Une fracturée.

24 — Porte-cartes orné de nombreuses figures. — Art chinois.

25 — Petite statuette représentant un saint, provenant d'un coffret. — Art byzantin.

26 — Petite statuette. — Vierge, dans son étui de poche. — Etui gaufré du XVIe siècle.
Objet minuscule.

27 — Jonque chinoise. — Travail ajouré avec personnages polychromes. — Art de Canton.

28 — Petit écran à glace avec bas-relief à jour, polychromé, représentant une dame à sa toilette. — Art chinois.

28bis — Boite gravée à paysages. — Arabesques et fleurs. — Intérieur en bois de Santal. — Travail de Bombay.

BOIS SCULPTÉS

29 — Ecce homo. — Statuette en buis. — Art allemand du XVIe siècle.

Objet curieux par son style hiératique.

30 — Statuette en chêne. — La Vierge portant l'Enfant. — Art français. — Epoque Louis XIV.

31 — Buis. — Très beau peigne du XVe siècle, avec légende française abrégée : « Mon cœur à vous ». — Travail ajouré.

Objet très curieux et très complet.

32 — Buis. — Baiser de paix du XVIe siècle, représentant Jésus au Jardin des Oliviers. — Avec bel encadrement sculpté dans la masse. — Art français du XVIe siècle.

33 — Confucius. — Bois sculpté peint et doré. — Art ancien chinois.

34 — Ermite. — Racine sculptée. — Art ancien chinois.

35 — Deux statuettes. — Guerrier et femme. — Peintes et dorées. — Art ancien indien.

36 — Groupe représentant Pouatï et un pêcheur. — Art ancien chinois.

37 — Deux chinois en racine sculptée. — Art chinois.

38 — Bas-relief en bois sculpté représentant un chérubin. — Travail du mont Athos.

OBJETS DIVERS

39 — Pierre de lard. — Philosophe chinois. — Très jolie statuette sculptée et gravée. — Art ancien.

40 — Boite en forme de feuille. — Email lisse de la Chine, avec scène de roman.

41 — Petite boite à montre. — Epoque Louis XVI. Nacre gravée avec application d'argent.

42 — Grand verre ancien. — Epoque Louis XV. — Représentant une bacchanale d'enfants. Beau travail français.

43 — Vase brûle-parfums de l'époque Louis XV. — Formé de deux tasses en vieux laque, avec monture en bronze ciselé et doré de même époque. — Le bouton du couvercle orné de fleurs en vieux Saxe.

44 — Deux bas-reliefs en cire, représentant dans des paysages avec monuments la flagellation et le couronnement d'épines. — Art italien du XVIIe siècle. — Joli cadre en bois sculpté.

45 — Demi-noix de coco au chiffre de Napoléon Ier, aigle impérial et trophée.

46 — Demi-coquille, moitié perlière.

47 — Une paire babouches d'enfant chinoises.

48 — Une coquille rouge ornée au profil du Christ.

49 — Vieux Saxe. — Boîte carrée ornée de paysages et fleurs. — Montée en cuivre.

50 — Boite en cuivre. — Epoque Louis XV, avec parties repoussées et dorées, ornée d'une pastorale. — Art allemand.

51 — Deux paires chaussures de femmes chinoises.

52 — Boite ronde en émail lisse de Chine avec scène de roman.

53 — Boite ovale en émail lisse de Chine, avec sujet tiré de roman. — Monture en argent.

54 — Boite cantine, en émail lisse de Chine. — Sujets, paysages et personnages.

55 — Jonque en bois sculpté. — Art chinois.

56 — Bas-relief en bronze doré. — Adoration des Mages.

57 — Epingle de coiffure, en argent doré, ornée de filigranes et pierres de couleurs. — Travail allemand.

58 — Bénitier de l'époque Louis XIII, plaque en argent repoussé au centre. — Peinture de l'époque représentant la Vierge de Séville.

59 — Calice de la fin du XVe siècle. — Cuivre gravé et doré, orné de cabochons en émail champlevé représentant des saints.

60 — Bronze ancien de la Chine. — Chimère assise. — Tachetée d'or.

61 — Liège sculpté.
1° Maison de campagne ;
2° Une autre maison ;
3° Un fiacre avec cheval et cocher.

62 — Albatre. — Très joli coffret ajouré orné aux angles de figures d'amour. — Le couvercle surmonté d'un groupe représentant Vénus et l'Amour. — Travail italien. — Epoque du XVIe siècle.

63 — Montre du XVIe siècle, forme dite OEuf de Nuremberg. — Agathe et cuivre doré. — Signé : Rayland, à Bourges.

64 — Une chatelaine, de l'époque Louis XVI. — Cuivre ciselé et doré avec parties émaillées. — Art français.

65 — Hache celtique en bronze. — Petit aigle de bronze. — Fer de lance de l'Océanie, manche en os.

66 — Bas-relief argenté représentant une allégorie. — Epoque Louis XVI.

67 — Verre ancien d'Allemagne avec peintures émaillées. — Représentant divers animaux. — Daté : 1626.

68 — Beau verre ancien de Venise. — Ouverture gaufrée.

69 — Verre allemand émaillé. — Représentant un tisserand. — Daté : 1724.

70 — Une coupe. — Verre de Venise.

71 — Coupe et cinq petits verres anciens.

72 — Une aiguière. — Verre ancien d'Allemagne à stries blanches.

73 — Grès de Creussen, orné sur la panse des figures des apôtres. — Polychrome.

74 — DEUX PETITS POTS A LAIT en argent repoussé et ciselé. — Art allemand.

75 — BOITE reliquaire française en filigrane d'argent, ornée d'émaux peints et de pierres de couleur. — Travail français. — Epoque Louis XIV.

76 — BOITIER à montre en argent ciselé, gravé et doré. — Epoque Louis XV. — Couvercle en émail de Saxe.

77 — PETIT VASE. — Porcelaine ancienne de Chine. — Décor polychrome. — Monture bronze ciselé, doré. — Orné de fleurs de Saxe. — Style Louis XV.

78 — BOITIER de montre. — Cuivre doré et émaillé. — Epoque Louis XVI.

79 — BOITE ovale en argent avec émail peint. — Représentant Apollon poursuivant Daphné.

80 — TRÈS JOLI NÉCESSAIRE de poche en bronze gravé et doré, avec application de nacre gravée, et sa garniture intérieure. — Travail du temps de Louis XIV.

81 — CRISTAL DE ROCHE. — Plaque ovale. — Représentant saint Jean prêchant. — Avec tour ouvré.

82 — COUPE ET FLACON en verre de Venise.

83 — UN LOT DE MONNAIES, comprenant :
1° Une pièce bronze d'Alexandre Farnèse;
2° Pièce turque.
3° Pièce en argent aux effigies de Louis XIV et Louis XVIII.
4° Pièce d'or à l'effigie de Louis XIV.

84 — LAUDIN. — Plaque de bénitier. — Représentant sainte Marthe et saint Denis. — Signée au revers : « Laudin, au faux bourgs de Manigne, à Limoges. »

85 — ARGENT REPOUSSÉ. — La Vierge du Vatican, d'après Michel-Ange. — Bas-relief ciselé attribué à Benvenuto Cellini.

86 — MONTRE de Gribelin, à Paris. — Boitier repercé. — Sujet de chasse. — Epoque Louis XIV.

87 — MONTRE formant broche. — Epoque Louis XVI.

88 — ARGENT. — Reliquaire. — Epoque Louis XIII.

89 — BONBONNIÈRE carrée en nacre gravée, avec application et monture en argent ciselé et doré. — Epoque Louis XV.

90 — ARGENT. — Etui en forme de poisson. — Ciselé et gravé avec parties dorées. — Epoque Louis XV.

91 — COFFRET en cuivre doré avec nacre gravée et pierres de couleurs. — Travail de l'époque Louis XVIII.

92 — CHÂSSE du XIIIe siècle en émail champlevé, orné d'arabesques avec médaillon représentant des séraphins.

La crête est rapportée.

93 — PAIRE DE PETITS VASES. — Porcelaine. — Paris, imitation de Sèvres. — Avec montures en bronze doré. — Style Louis XV.

94 — COUPE en agathe rubanée avec monture bronze doré. — Style Louis XIV.

95 — Yatagan turc. — Argent repoussé et ciselé. Poignée en argent doré et ciselé.

96 — Poignard de style turc. — Fourreau et poignée en cuivre doré, orné d'arabesques.

97 — Espingole. — Le canon en acier ciselé à fond doré ainsi que la batterie. — Le bois recouvert en cuivre ouvré et doré.

98 — Paire de pistolets persans en acier gravé. — Modèle à capsule. — Travail du commencement du siècle.

99 — Narghilé en cuivre gravé et émaillé. — Art persan.

100 — Verre de Bohême. — Grand cornet couvert. Décor polychrome orné de nombreuses armoiries.

PORCELAINES & FAIENCES

101 — Japon. — Paire de petites potiches. — Décor polychrome et or.

102 — Nimphembourg. — Très beau groupe représentant, sous un motif rocaille surmonté d'un petit satyre, un personnage déclarant son amour à une chasseresse. — Gibier et chiens. — Décor polychrome. — Epoque XVIIIe siècle.

103 — Sèvres. — Imitation, pâte tendre. — Paire de vases fond bleu turquoise, avec réserves, ornés d'amours et fleurs. — Monture en bronze ciselé et doré. — Style Louis XVI.

104 — Sèvres. — Imitation, pâte tendre. — Coupe forme ovale, fond bleu de roi, avec réserves. — Décorée de sujets de pêche. — Monture en bronze ciselé et doré. — Style Louis XV.

Fêlure.

105 — Saxe (1830). — Ecuelle couverte et son plateau, forme ovale lobée. — Décor alterné de pastorale genre Watteau et bouquets de fleurs.

106 — Japon. — Théière. — Décor polychrome et or. — Très belle qualité.

107 — Petit plateau cendrier. — De même époque et qualité.

108 — Castelli ancien. — Vase biberon. — Décor polychrome d'arabesques, et sur la face figure représentant l'Abondance. — Très belle qualité.

109 — Chine. — Imitation. — Paire de petits vases à fond noir. — Décor polychrome, fleurs et dragons.

110 — Saxe ancien. — Figurine. — Femme persane portant un broc.

111 — Saxe ancien. — Joueur de cornemuse. — Vêtement chargé de cartes.

112 — Saxe ancien. — Joueur de vielle.

113 — Id. Amour, costume turc.

114 — Id. Id. assis.

115 — Sèvres. — Imitation, pâte tendre. — Moutardier. — Fond bleu turquoise, rehaussé, orné de réserves, chargé de fleurs polychromes.

116 — Vieux Chine. — Trois tasses et soucoupes. — Décor polychrome.

117 — Vieux Chine. — Trois tasses et soucoupes. — Décor varié.

118 — Vieux Chine. — Deux tasses. — Décor varié.

119 — Chine ancien. — Une cage avec terrasse ajourée. — Décor en relief et polychrome, feuille, fleurs et fruits. — Très belle qualité.

120 — Saxe ancien. — Paire de dindes perchées sur un tronc d'arbre. — Décor polychrome. Fracturé.

121 — SAXE ancien. — Daphnée enlevée par Apollon.

Bras fracturé.

122 — VIEUX PARIS. — Tasse trembleuse. — Décor dit au Barbeau. — Marque de Charles Philippe d'Orléans.

123 — PALISSY (Suite de). — La Terre. — Plat de forme ovale.

Légèrement égrené.

124 — SAXE ANCIEN (Charles Théodore). — Pégase. — Groupe important.

Réparation.

125 — CHINE ancien. — Jeune femme. — Statuette. Polychrome. — Epoque de Kienlong.

126 — GRÈS de Finzen. — Chien de Fô. — Décor polychrome.

127 — SOUCOUPE. — Monture en bronze doré.

128 — CHINE. — Imitation. — Paire de vases. — Monture en bronze formant candélabres.

129 — CHINE ancien. — Beau vase couvert. — Epoque de Kienlong. — Fond vert marbré, orné de bouquets de fleurs et paysage. — Monture en bronze doré de style Louis XV.

130 — DERUTA. — Cornet. — Décor polychome avec tête de personnage.

131 — VIEUX PARIS. — Paire de vases. — Imitation Sèvres. — Fond bleu turquoise rehaussé d'or avec réserves, ornés d'oiseaux et fleurs.

132 — PARIS. — Paire de vases. — Imitation Sèvres. Fond bleu turquoise, avec sujet pastoral, d'après Boucher. — Monture en bronze formant candélabre à sept lumières.

133 — VIEUX CHINE. — Deux coupes. — Fabrication de commande. — Avec portrait du prince d'Orange et légende. — Monture en bronze doré.

134 — JAPON ancien. — Beau bol. — Décor polychrome et or. — Monture en bronze doré.

135 — VIEUX SÈVRES, pâte tendre. — Tasse et soucoupe. — Décor polychrome : Paysages.— Dans des cadres ovales dorés.

136 — SÈVRES. — Imitation. — Tasse et soucoupe. — Fond gros bleu. — Décor polychrome. — A réserves ornées d'un Amour et de trophées.

137 — SÈVRES ancien, pâte tendre. — Assiette. — Décor dit Feuilles de choux, semé de bouquets naturels (P. 1769).

138 — LA COURTILLE. — Imitation. — Tasse trembleuse couverte. — Fond gros bleu. — A réserves ornées d'Amours.

139 — VASE POT-POURRI. — Fond turquoise à fleurs en relief polychrome. — Imitation de Sèvres.

140 — SAXE. — Tasse couverte et sa soucoupe. — Décor polychrome, à arabesques et vues de villes.

141 — Sèvres (1821). — Assiette. — Décor polychrome. — Paysage. Signé : Front.

142 — Sèvres. — Imitation, pâte tendre. — Moutardier. — Fond bleu turquoise. — A réserves ornées de fleurs polychromes.

143 — Castelli. — Assiette. — Décor polychrome. — Scène antique.

144 — Saxe ancien (?). — Arlequine dansant.
Fracturé.

145 — Sèvres. — Imitation. — Coupe fond bleu turquoise, avec Amours, d'après Boucher.

146 — Urbino. — Coupe. — Décor polychrome. — Représentant Vénus et les Eaux. — Epoque de Patanassi.

147 — Sèvres ancien, pâte dure. — Pot à eau. — Décor polychrome. — Fleurs.
Réparé au bec.

148 — Saxe-Marcolini. — La Musique. — Décor polychrome.
Réparé.

149 — Limoges ancien. — Groupe. — L'Autel de l'Amour.

150 — Hochst (Marque de). — Vieillard portant un livre. — Statuette polychrome.

151 — Saxe (?). — Groupe de trois personnages : Le Printemps.

152 — Terre cuite. — Pêcheur de Boulogne. — Signée : Blot.

153 — CHINE — Deux assiettes. — Décor polychrome. — Fabriquées à Canton. — Monture en bronze doré.

154 — CHINE. — Coupe couverte. — Décor polychrome. — Imitation de Japon. — Monture en bronze doré.

155 — SÈVRES. — Imitation. — Coupe. — Fond bleu turquoise, avec pastorale, d'après Boucher.

156 — SÈVRES. — Imitation. — Une paire de vases bleu turquoise. — Avec réserves ornées de fleurs. — Oiseaux.

157 — SÈVRES. — Imitation. — Pendule. — Avec trois motifs d'Amour sur fond bleu turquoise. — Monture en bronze doré.

158 — PAIRE DE CANDÉLABRES à cinq lumières, avec figure. — Femme jouant de la vielle et personnages sonnant du cor. — Monture en bronze orné.

159 — LIMOGES. — Biscuit. — Bouquet de fleurs.

160 — PARIS. — Paire de vases. — Décor polychrome. — Fleurs avec ornements en relief rehaussés d'or.

161 — PAIRE DE SEAUX à fond vert. — Avec réserves ornées de bouquets de fleurs polychromes.

162 — SÈVRES. — Tasse et soucoupe (1819-1828). Fond bleu rehaussé d'or et d'argent.
Anse réparé.

ANTIQUES

163 — STATUETTE funéraire en bois sculpté, orné de peinture. — Une autre en vitrification, ornée de peinture et caractères.

164 — UN PETIT VASE étrusque à fond noir et une lampe étrangère en terre cuite.

165 — UNE COUPE étrusque à fond noir. — Décor intérieur et extérieur. — Décorée de prêtresses et de lutteurs.

166 — TROIS PETITS CANTHARES à fond noir. — Figures allégoriques de prêtresses et de Eros.

167 — LAMPE antique à fond noir, originaire de Nola, à bec et anse surélevé rattaché au col par deux marques en relief.

168 — COUPE. — Au centre : Prêtresses offrant des fleurs. — Au revers : Des Hoplites.

169 — TRÈS BELLE COUPE à anse vertical, trés élevé, ornée de figures gravées. — Sacrifice à Pan (Pompéï ?).

BRONZES

170 — Bacchus. — Bronze ancien, florentin du XVIe siècle. — Socle en marbre griotte.

171 — Mercure. — Bronze. — Statuette. — Socle formé par une tortue doré.

172 — Bronze antique étrusque. — Hercule. — Provenant des fouilles de Veies. — Socle en marbre griotte.

173 — Bronze antique romain. — Collier avec amulette provenant de Pompéï.

174 — Garniture de cheminée. — Bronze Empire. — Bonne pendule et deux vases, forme Médicis. — Vert et doré. — Signé : Verdière, à Paris.

175 — Garniture de cheminée. — Pendule et candélabres. — Bronze doré. — Style Renaissance.

176 — Pendule en albâtre, à colonnes. — Signée : Jeoffroy, à Fontainebleau.

177 — Deux vases en verre. — Porte-bouquets. — Monture, cuivre doré.

178 — Jardinière. — Verre rouge. — Monture, bronze argenté et doré. — Epoque Louis-Philippe.

179 — Deux cornets. — Verre. — Monture, marbre et bronze doré. — Même époque.

180 — Deux porte-bouquets en verre bleu. — Monture, bronze doré.

181 — Une paire de vases en verre rouge. — Monture, bronze doré.

182 — Pendule portée par un éléphant. — Bronze doré.

183 — Paire de flambeaux. — Style Louis XV. — Bronze doré.

184 — Paire de flambeaux. — Amours. — Style Louis XVI. — Bronze doré.

185 — Pendule. — Style néo-grec. — Bronze doré. Signée : Guiche, Paris.

186 — Deux coupes. — Bronze doré. — D'après Benvenuto Cellini.

187 — Coupe. — Cuivre argenté et doré. — Sujet : Une fileuse.

188 — Presse-papier. — Marbre et bronze doré. — Enfant endormi.

189 — Deux flambeaux. — Bronze. — Epoque Louis XVIII.

190 — Une paire d'appliques à cinq lumières chaque. Bronze doré. — Style Régence.

191 — Trois paires d'appliques à trois lumières. — Style Renaissance. — Bronze doré.

192 — Deux paires d'appliques à cinq lumières. — Même style.

193 — Une paire d'appliques. — Epoque Empire. — à trois lumières.

194 — Deux paires flambeaux.— Epoq. Louis XVIII.

195 — Une paire flambeaux. — Style Rocaille. — Bronze doré.

196 — Une paire de flambeaux à Dauphins. — Style Louis XV. — Bronze doré.

197 — Une paire de coupes. — Porte-fruits. — Style Renaissance.

198 — Grande coupe. — Style Renaissance. — Bronze doré.

199 — Deux coupes. — Style Louis XVI. — Avec plateau en verre. — Monture, bronze doré.

200 — Deux candélabres à trois lumières. — Bronze doré. — Epoque Louis-Philippe.

201 — Un bouquet de milieu de table. — Roseaux. — Cinq lumières. — Bronze doré.

202 — Buires. — Style Renaissance. — Bronze doré.

203 — Une paire candélabres à trois lumières. — Style Louis XVI. — Bronze doré.

204 — Une pendule avec sujet : Raphaël et la Fornarine. — Bronze doré.

205 — Une pendule. — Marbre noir et bronze doré. — Candélabres. — Style Renaissance. — Epoque Louis-Philippe.

206 — Belle armure du XVIe siècle, en fer gravé, dite Henri II.

Cette armure complète a des parties réparées et refaites.

207 — Hallebarde-Suisse de fer ajouré et gravé.

Réparée.

MEUBLES

208 — Très joli petit bureau à dos d'âne, de l'époque Louis XV, en bois marqueté. — L'abatant est orné de deux plaques en porcelaine de Sèvres, pâte tendre. — Décor de commerce.

Nota. — Ce meuble a été habillé de bronze dans le style du temps et est surmonté d'une vitrine de travail moderne.

209 — Grande vitrine formant bibliothèque, en marqueterie de cuivre gravé, sur fond d'ébène. — Style de Boulle. — Les portes sont ornées de figures en bronze représentant Cérès et Bacchus. — Les appliques, le linteau et les cadres sont en bronze ciselé et doré de même style.

210 — Vitrine à deux corps, en ébène, écaille rouge et marqueterie de cuivre, dans le style de Boulle. — Les corniches, chutes, appliques, cadres et linteaux sont en bronze doré.

211 — Petite vitrine de l'époque Louis XIV, ébène, écaille rouge et marqueterie de cuivre par Boulle. — Le socle, les cadres, le linteau et les corniches sont en bronze doré dans le style du temps.

212 — Meuble formant bureau, en marqueterie de bois de rose et bois de couleur. — Epoque Louis XV.

213 — Très belle console de l'époque de la Régence, en bois de chêne sculpté et doré.

Ce meuble est d'une ordonnance remarquable et d'un très beau style.

214 — Vitrine en bois de rose et bois de violette. — Style Louis XVI, ornée de bronze doré.

215 — Vitrine analogue à la précédente.

216 — Table formant bureau. — Marqueterie, bois de rose et bois divers. — Surmontée d'un casier.

217 — Table rectangulaire en ébène, écaille rouge et marqueterie de cuivre, ornée de bronzes ciselés et dorés. — Style de Boulle.

218 — Boite a thé en laque de Chine avec casiers en étain.

219 — Coffret en ébène avec marqueterie de cuivre.

TABLEAUX

220 — Martin. — Bataille de Rocroi.

221 Id. Bataille contre les Impériaux.

222 — Peyron. — La mort de Camille.

223 — Metsys (Quentin). — Les Peseurs d'or. — Beau tableau en bel état de conservation, d'un très beau caractère.

224 — Metsys (Quentin). — Tout est vanité.
Pendant du précédent.

225 — École flamande. — Jésus ressuscitant Lazare. — Composition imitée de Rubens.

226 — Vincent (Féron). — Fruits posés sur une table de pierre. — Signé et daté 1834. — Cadre en bois sculpté.

227 — Van Falens. — Chasse au cerf. — Tableau d'une exécution précieuse, imité de Philippe Wouvermans.

228 — Van Falens. — Marchand d'orviétan dans un village,
Pendant du précédent.

229 — Ecole flamande. — Coup de l'étrier.

230 Id. Le sac d'une église.
Pendant du précédent.

231 — Dumoulin. — Etat-major sous la première République. — Signé et daté 1835.

232 — Boucher (Ecole de). — Amours forgerons. — Ecole française, 1830. — La mort de la fiancée.

233 — Van Breda (Genre de). — 1° Orage ; — 2° Danse au clair de lune.

234. — Ecole française. — Enfant jouant avec un chien.

235. — Mabuse (Genre de Jean de). — La Vierge embrassant l'Enfant.

236 — Blandin. — Village aux environs de Paris.

237 — Jaquotot. — Victoire. — Tête de vierge, d'après Raphael. — Beau dessin.

238 — Galliard. — Portrait de Léon XIII. — Très belle épreuve sur chine.

239 — L. R. — Marines. — Deux aquarelles. — Signées du monogramme.

240 — Ortmans. — Paysages. — Effets d'orage. — Signé et daté 1861.

241 — Pigout (Nicolas, 1814). — Paysage. — Signé.

242 — L. E. — Mater dolorosa.

243 — Ecole italienne. — Chef de saint Anastase.

244 — Van Dyck (Genre de). — L'Ivresse de Silène.

245 — Teniers. (Attribué à David). — Joueur de boules. — Signé du monogramme.

246 — Watteau (d'après). — Pastorale.

247 — Zurbaran. — Jésus et les disciples d'Emmaüs.

248 — Recci. — Sébastien.

249 Id. Le jour des Rameaux.

250 — GREUZE. — Tête de jeune fille. — Pastel.

251 — MONPER (Josse de). — Tentation de saint Antoine.

252 — REMBRANDT (de l'école de). — Tobie et l'Ange.

253 — CARPIONI (Jean-Baptiste). — Bacchanales. Deux pendants.

254 — FRANCK (François). — L'Annonciation. — Tableau peint sur cuivre, avec beau cadre en bois sculpté.

255 — BOURGUIGNON (Jacques Comtois, dit). — Marche d'armée.

256 — LAMAIN. — Vue de la forêt de Fontainebleau.

257 — VERDIER. — César au tombeau d'Alexandre.

258 — DOMINIQUIN. — Paysage orné de figures.

259 — TENIERS (d'après). — Corps de garde.

260 — VOLMAR. — 1° Chasse à l'ours; — 2° Chasse au cerf. Deux lithographies coloriées.

261 — A. V. F. D. — Calvin et Mélanchton. Deux portraits dessinés à la plume. — Dessins du temps.

262 — ECOLE ITALIENNE. — Tableau en mosaïque. — Marbres et stucs de différentes couleurs. — Fleurs encadrantes, avec paysages d'après Le Poussin. — Le cadre est en bois sculpté.

263 — BATTONI. — 1° Vénus caressant l'Amour.
SANTERRE. — 2° Suzanne au bain.
Deux belles gravures par Porporati.

264 — SWOER. (1848). — Paysage.

265 — ECOLE FRANÇAISE. (1840). — Marines. — Deux pendants.

266 — Van Loo (d'après). — 1° Les apprêts du bal ; — 2° Retour du bal. — Deux pendants.

267 — Ducis. — Le Tasse chez la duchesse de Ferrare.

Gravure avant la lettre, par Pauquet.

Une autre épreuve avant la lettre.

268 — Adam-Salomon. — Charlotte Corday.

Belle épreuve en plâtre offerte par l'auteur à feu M. Guérin.

269 — Gérard. — Apothéose de Napoléon Ier.

Épreuve sur Chine gravée par Barley, à New-York.

270 — Diverses gravures encadrées et gravures d'après Van der Meulen.

SERVICES

271 — Service Vieux-Paris, semé de bouquets de fleurs polychromes, par Meslier. — Environ 209 pièces.

272 — Service or (chiffré), époque Louis-Philippe. — Environ 169 pièces.

273 — Service à filets bleus (chiffré). — Environ 156 pièces.

274 — Service Vieux-Paris, dit Au Barbeau. — Environ 26 pièces.

275 — Service à fleurs. — Environ 123 pièces.

276 — Tête-a-tête, époque Louis-Philippe.

277 — Services à thé, à café et environ 300 pièces diverses de verrerie.

LIVRES

278 — Environ 800 volumes reliés. — Thiers, Lamartine, Balzac, Rousseau, Voltaire, Buffon, Molière, Walter Scott, Don Quichotte, Boccace, Lucain, Ovide, etc. — Collection complète de l'*Univers illustré*. — Keepsakes, etc.

PLAQUÉ

279 — Diverses pièces importantes.

BIJOUX

280 — Montres en or. — Epingles de cravates. — Boucles d'oreilles, Bracelet, Chaînes, etc.

DENTELLES

281 — Un lot de dentelles.

VINS

282 — Environ 600 bouteilles vin ordinaire et vins fins : Champagne, Saint-Emilion, Corton, Château-Margaux, Château-Laffitte, Sauterne, Laubenheimer, etc.

Fontainebleau. — Imp. Pouyé, 19, rue de la Paroisse.

www.ingramcontent.com/pod-product-compliance
Ingram Content Group UK Ltd.
Pitfield, Milton Keynes, MK11 3LW, UK
UKHW021044180726
13838UKWH00004B/1996